Collection dirigée par Caroline Westberg

ISBN 2-7002-2980-0
ISSN 1142-8252

© RAGEOT-ÉDITEUR – Paris, 2004.
Tous droits de reproduction, de traduction et d'adaptation réservés
pour tous pays. Loi n°49-956 du 16-07-1949 sur les publications
destinées à la jeunesse.

CENTRE RÉGIONAL DE SERVICES
AUX BIBLIOTHÈQUES PUBLIQUES DE LA MONTÉRÉGIE

L'éléphant volant

Texte de Philippe Barbeau
Illustrations de Thierry Christmann

RAGEOT•ÉDITEUR

Esther Souris, Pénélope Panthère, Léon Coq, Yvan Kangourou, Flavie Vache, Norbert Chien et Gaétan Éléphant sont de vrais amis.

Ils ont fondé le club des Animalins et se retrouvent dans leur hangar.

Là, ils fabriquent des machines volantes.

Esther Souris
imagine
une catapulte à gruyère.

Léon Coq
réalise
un perchoir à hélice.

Flavie Vache
bricole
une mamelle montgolfière.

Norbert Chien
invente
un os dirigeable.

Pénélope Panthère
tisse
un tapis volant.

Yvan Kangourou
fabrique
une poche chauve-souris.

Seul Gaétan Éléphant ne construit rien qui puisse le faire voler. Pourtant, il répète sans cesse :

– Vous allez voir, je vais voler !

Hélas, toutes ses machines s'écrasent. Il est trop gros, trop grand, trop lourd, mais ses amis n'osent pas le lui dire.

Un jour, il croit enfin réussir. Il a dessiné les plans d'un nouvel engin formidable. Il se met au travail. Il plie, coupe, cisaille et la machine est bientôt finie.

Gaétan l'installe sur le toit du hangar. Il monte dessus et, quand il est prêt, il se lance.

Trois secondes plus tard…
PATATRAS ! Il s'écrase !

Il est trop gros, trop grand, trop lourd.
Mais ses amis n'osent pas le lui dire.
Gaétan ne se décourage pas et répète :
– Vous allez voir, je vais voler !

Gaétan reprend ses essais. Chacune de ses inventions est un petit bijou.

Hélas, elles ne peuvent jamais le porter.

Ce lundi, Gaétan arrive dans le hangar des Animalins. Il montre à ses amis une affiche où est écrit :

– Je nous ai inscrits ! Et j'ai dessiné les plans d'une nouvelle machine. C'est une merveille. Avec elle, sûr et certain, je vais voler et on va gagner. Regardez !

Malheureusement, Gaétan ne volera jamais sur cet engin.

Il est trop gros, trop grand, trop lourd.

Mais ses amis n'osent pas le lui dire.

Le grand concours doit se dérouler le dimanche suivant.

Gaétan travaille comme un fou.

Il scie, tape, soude.

Et il répète sans cesse :

– Vous allez voir, je vais voler et on va gagner.

Les jours passent : lundi, mardi, mercredi, jeudi, vendredi...

Le samedi soir, la machine volante n'est toujours pas finie.

La nuit tombe.

Gaétan dit à ses amis :
– Allez vous reposer. Je vais finir seul.
Il scie, tape, soude encore et encore.
Minuit sonne au clocher de l'église.
Gaétan travaille toujours.
À trois heures du matin, la machine volante est enfin terminée.

Alors, Gaétan monte dedans... et il s'endort.

Il rêve qu'il vole. Il n'est ni trop gros, ni trop grand, ni trop lourd. La terre est si belle vue d'en haut !

Soudain, des bruits le réveillent.
Des voleurs sont entrés dans
le hangar.

– **Hou!** fait-il avec sa grosse voix.
– Au secours ! Un éléphant !
Il est si gros, si grand,
si lourd. Il va nous
écrabouiller !

Gaétan Éléphant essaie de les poursuivre, mais sa machine refuse de décoller.

Et soudain il comprend :
il est trop gros, trop grand, trop lourd. Sa machine ne peut pas le porter. Il ne pourra jamais voler. Gaétan a envie de pleurer.

Ah ! Si la vie pouvait être comme dans les rêves…

Le lendemain, ses amis le trouvent horriblement triste. Il leur raconte ce qui s'est passé. Et il termine :

– Je ne vais pas voler cet après-midi !

Alors Flavie s'exclame :

– Ajoute six anneaux à ta machine et je te promets que tu voleras !

Ils partent pour le concours dès qu'ils sont prêts.

Gaétan a le cœur serré.
Jamais il n'arrivera à voler.

Enfin vient le tour de ses amis. Léon, Flavie, Esther, Yvan, Norbert et Pénélope accrochent leurs machines volantes à celle de Gaétan.

Tous à leurs commandes, ils produisent un terrible effort et… Gaétan décolle.

Les Animalins ne font pas d'acrobaties, mais ils volent. La terre est si belle vue d'en haut.

Esther, Pénélope, Léon, Yvan, Flavie, Norbert et Gaétan ne gagnent pas le concours.

Ils reviennent pourtant heureux dans le hangar des Animalins.

Et le soir, ils font une grande fête.

Au dessert, Gaétan propose :

– Si on faisait le tour du monde, maintenant que nous volons tous !

Achevé d'imprimer en France en février 2004 par I. M. E.
Dépôt légal : février 2004
N° d'édition : 3979
N° d'impression : 16997